CHRISTIAN FEDAK

LE BALLON SUR LE TOIT

roman

© **Christian Fedak**

Éditeur : BoD Books on Demand 12/14 rond-point des Champs-Élysées 75000 Paris

Impression : BoD Books on Demand, Allemagne

ISBN : 9782322191161

Dépôt légal : Décembre 2019

DU MÊME AUTEUR

Éditeur BoD Books on Demand

Passages poétiques

ÉTERNELLE ENFANCE

*Ils sont venus d'un pays d'infortune
Par un chemin de bosses et d'ornières,
Pour trouver soleil et clair de lune
Au Domaine qu'une forêt lisière.*

*Ils ont vécu la neige et les fleurs,
Entre une fontaine dans la clairière
Et un clocher qui donne l'heure,
Depuis la grande porte où ils entrèrent.*

« Écrire pour exorciser nos souvenirs communs ».

Avant propos.

Voilà un parcours peu ordinaire; une belle enfance qui se terminera au bord d'un toit, et une moins belle en institution spécialisée.
Ce sera alors la rencontre avec le Domaine, et avec une unité de vie où se mêleront au fil du temps, événements insolites et personnages déconcertants.
Ce sera aussi la vie d'une famille dans toute la lourdeur d'un accompagnement difficile, qui aura connu le tragique.
C'est un parcours peu ordinaire, une légère fiction dans du profondément réel.

LA RUE DES TERRES ROUGES

Il était une fois octobre sur sa ville; octobre de début d'automne, avec son brouillard et ses gelées sur la rue de son enfance, dans les yeux de ses douze ans.

C'était une rue singulière; une vieille caserne édifiée par un occupant voisin, autrefois. Et si singulière, car occupée maintenant par l'émigrant; l'italien, le polonais, le maghrébin, et tous les autres qui faisaient des mains dociles, serviles pour la mine.

La mine était leur maison commune, celle de leurs pères, parfois celle de leurs fils, et le minerai de fer leur enfer quotidien.

Les postes rythmaient leur vie; les matins précoces, les après-midis si difficiles à supporter quand le soleil était au zénith, brûlant leur crâne avant d'entrer dans les profondeurs de la terre.

Que de temps passé dans le noir à la lueur pâle des lanternes et de la petite lampe à carbure que promenait le casque. Que de temps à produire, à toucher le risque du bout des doigts, le regard vif quand les explosions défilaient, quand la barre à mine nettoyait les blocs rebelles.

Et il y avait dans cette ville des hurlements que personne ne souhaitait entendre; des bruits d'affolement qui rompaient l'air comme le tonnerre, quand les sirènes disaient les accidents, tous les cauchemars que les esprits fabriquaient rapidement; des drames où des épouses pensaient être veuves.

C'était une rue incomparable où flottait comme une rumeur fraternelle. Presque tous les hommes étaient du même labeur , des mêmes valeurs. Le moindre lopin de terre pouvait être une richesse, donnant naissance aux jardins, aux basse-cours, aux coins de luzerne.

Ces hommes étaient complices dans les efforts de la vie, mais aussi dans leurs loisirs, leur détente aux jeux de boules, aux jeux de cartes, aux jeux de voix et de doigts que vociféraient les italiens à chaque endroit possible, au bout d'une table basse posée comme ça à l'improviste, devant n'importe quelle entrée de la rue des Terres Rouges. La morra s'entendait de loin.

La rue des Terres Rouges de son enfance où chaque famille était pleine d'enfants; une rue toute droite, remplie de jeux de marelle, de chats perchés, de vélos, d'osselets ou de billes quand les beaux jours revenaient. Et de ballons bien sûr, qui cognaient les murs, les portes de garage, les vitres par les maladroits.

C'était une effervescence de cris, de rires, de palabres, de bagarres aussi, qui s'en allait tard dans le soir; oubliant le travail pour les uns, l'école pour les autres.

Pour les ballons, ils n'étaient presque jamais neufs, quelques fois volés ici et là, même les plus usés. Ils pouvaient remplir des journées entières, lassant les voisins, enthousiasmant les copains sur chaque place de quelques mètres carrés où gilets et pull-overs pouvaient faire les montants des cages, comme disait le langage courant.

Puis, un jour, en ce début d'automne, le plus boursouflé des ballons s'était retrouvé sur le toit de la maison.

Et là, tout commença; le plus affreux des périples. Le jour où l'ange protecteur vous a oublié un instant.

SON UNIVERS

Le toit refermait deux étages tout le long de ces douze entrées qui traçaient la rue. Dans l'entrée dix, quatre familles occupaient des appartements absolument identiques, avec sous le toit des pièces mansardées. Deux d'entre elles étaient pour lui, l'acteur malheureux de ces pages.

Ces deux pièces étaient son univers; plutôt torrides dans les étés, et chauffées par un vieux poêle à charbon l'hiver.

C'était dans l'une d'elles un univers de rêves, de livres, avec des bandes dessinées qui s'empilaient en équilibre précaire à côté d'un petit ouvrage arrivé là sans trop savoir pourquoi, qui disait les confessions d'un certain Jean-Jacques. Bien sûr, il n'y comprenait rien, à peine un peu le titre rencontré aux heures ennuyeuses du catéchisme.

Et dans l'autre, un capharnaüm. Une collection de papillons, de timbres, une boîte à chaussures trouée pour l'orvet, une autre pour les hannetons, un bocal à tritons, un ramassis de fossiles, un laboratoire du petit chimiste où éprouvettes et cornues avaient laissé échapper quelques produits colorés.

C'était son univers secret, car personne n'entrait dans ses lieux. Personne n'entrait là, juste sous le toit; un toit qui inclinait le plafond, et dont on pouvait soupçonner la raideur des pentes.

Ces deux pièces étaient vaguement éclairées par une lucarne qui se terminait presque au bord du vide. Six petits carreaux la quadrillaient; trop peu pour la lumière du jour; bien trop peu pour les livres qui se lisaient mieux sous la lampe.

Et il attendit le soir, pour ne pas être vu, pour ne pas être entendu.

Pour glisser la clé dans la serrure il s'arrêta de respirer, pour ne pas trembler, pour que son sang soit moins rapide au bout de ses doigts.

Car il connaissait tous les hurlements que son idée pourrait produire.

Son idée, il l'avait construite tout au long de l'après-midi, dans tous ses détails, se représentant le moindre geste.

Maintenant que le noir était là, il était devant sa lucarne.

LA CHUTE

Il était devant sa lucarne, avec aux pieds des chaussures usées d'avoir été trop portées, surtout les semelles. Sur ses épaules, un gilet que sa mère lui avait tricoté pour mieux lutter contre les vents mauvais.

En lui, il sentait son sang bouillonner, ses tempes cogner . Ses mains étaient moites. Mais son courage était là, comme une entrée dans une aventure, car quelque chose d'inhabituel s'était installée dans son esprit; une extravagance; un exploit qu'il pourrait raconter aux copains; demain.

Il posa une chaise en bois, et en se hissant se retrouva face à la fenêtre. En enjambant le bord, le froid s'était déjà posé sur ses mains. Son sang sous ses vêtements s'était mis à courir encore plus vite. Le vide avait croisé son regard et la rue était pâle sous la lueur des lampadaires.

Le voilà sur le toit.

La première pente luisait sous la lune, et le gel d'octobre s'était déguisé en piège. Qu'importe, le ballon aux hernies l'attendait en bas de la pente descendante, de l'autre côté.

À quatre pattes, dans un effort inconnu, il grimpa jusqu'au faîtage. L'autre pente était un versant de montagne. C'était son premier danger, le plus réel qu'il ait connu .

Il avait peur; et les idées qu'il se faisait de son extravagance n'étaient plus qu'une folie dans tout son corps.

Il se laissa glisser; il n'aurait pu faire autrement. La pente était trop raide, et il ne se retenait à plus rien. Ses vieilles semelles ne l'arrêtaient pas. Il allait butter contre la gouttière, c'était certain; juste là où son ballon l'attendait.

Il glissa , et ses ongles firent le bruit de la craie sur le tableau noir. Il pensa à ses parents, à l'école et aux devoirs qui lui restaient à faire, à ses copains et à leur étonnement quand le jeu reprendrait avec le même ballon tombé sur le toit.

Il glissa , et la gouttière ne le retint pas; il ne resta que le vide. Les pieds en avant, il tomba. Son corps ne tourna pas, il n'en eut pas le temps.

Puis, ce fut le noir comme jamais quand la pesanteur du corps rencontra l'asphalte.

Dans l'effroyable douleur, sa conscience s'était tue.

SURVIVRE

Combien de temps était-il resté là, le corps cassé, déchiré par endroit, entre deux voitures garées entre deux entrées? L'une d'elles avait dû retarder sa chute jusqu'au sol; salvatrice? Car son pouls palpitait encore.

Combien de temps? Qu'importe , il n'était plus dans le temps. Quelque chose en lui voulut partir dans un souffle d'une douceur infinie, comme dans un vent qui vous porte, léger, vers on ne sait quel monde; avec la sensation d'un tourbillon magnifique après la douleur.

Combien de temps ? Son horloge était brisée à jamais. Ni les heures, ni les jours, ni les mois et les années ne seraient plus une inquiétude pour lui.

Plus tard dans la soirée, après les appels angoissants et une courte recherche, il fut retrouvé gisant dans le froid d'octobre.

Son ballon le regardait, pas très loin, avec ses deux hernies qui lui faisaient des yeux.

Puis les gyrophares éclairèrent la rue de leur lumière bleue. Sa survie commençait; un périple entre centres hospitaliers et spécialistes de tout genre, et jusqu'aux ultimes croyances divines.

Mais, comme souvent, après de tels miracles gagnés sur la mort, quelque chose s'était effacé à jamais. Les irrémédiables diagnostics tombèrent les uns après les autres.

La vie ne serait plus telle qu'elle avait été , de jeux de billes, d'école, de premiers regards vers les filles. Tout s'anéantissait de rendez-vous en rendez-vous.

Et les photos n'auraient plus les mêmes couleurs, les mêmes profils, plus aucune régularité dans la normalité, plus les mêmes sourires.

Ses parents avaient perdu une grande bataille sur la vie; un mauvais destin s'était emparé d'eux. Tous les rêves qu'ils avaient pu nourrir pour lui, jusqu'au projet presque insignifiant, s'étaient évaporés. Pour un ballon ridicule. Pourquoi ?

Il n'y avait pas de réponse valable; aucune.

UN AUTRE AVENIR

Puis la vie s'était organisée cahin-caha, avec ses contraintes et ses contingences, ses modestes plaisirs, ses lassitudes; et une lourdeur quotidienne s'était installée au fil du temps. Une lourdeur qu'il fallait rompre; de sentiments contradictoires et de culpabilités.

Un placement fut envisagé; un placement fut engagé. Deux années après son accident, une structure lui ouvrit ses portes. C'était en automne, au mois d'octobre; encore.

Lui, on ne savait pas ce qu'il en pensait; d'ailleurs, se doutait-il un seul instant du parcours qui avait été tracé pour lui; irrémédiable. Dans son mutisme, il n'y avait que ses yeux, ses mains, son corps tout entier qui pouvaient en dire quelque chose. Mais pour le moment tout se taisait.

Voilà, c'était certain; il avait quitté à jamais ses deux pièces mansardées; ses collections, ses livres. Il ne ressentirait plus jamais cette envie de tout lire, comme une obsession.

Pour ses proches, la route commune était barrée, interdite; il n'y avait plus d'incertitude pour ses études, sa vie affective, la descendance, la continuité du nom.

La généalogie s'était brisée; une déréliction.

LE PREMIER JOUR

La route descendait , se faufilant entre chênes, hêtres et autres fatras de branches et d'arbres morts.

Il était entre son père et sa mère, certainement plus tourmentés que lui qui regardait comment les feuillages d'ocre se sauvaient quand il passait.

Ils serpentaient encore, et l'appréhension grandissante les empêchait de parler. Il n'y avait que le bruit du moteur rétrogradant, le crissement des freins, le courant d'air de la vitre légèrement ouverte, qui avaient pris toute la place.

Puis la voiture freina plus sèchement; une grille rouillée apparut, avec derrière, une grande maison et ses hautes cheminées, sa petite tour aux couleurs d'ardoises.

Le chemin qui y menait après la grille était cahoteux. Pierres, bosses, ornières le recouvraient.

Chemin défiguré par le temps qui proposait sur un de ses côtés quelques places pour se garer. La voiture s'arrêta, ils en descendirent. Et déjà il se mit à courir dans les creux où la boue s'était recouverte de feuilles .

Un peu plus loin, le bitume était là, sous leurs pieds; ils avancèrent main dans la main vers l'accueil où ils étaient attendus.

Soudain, une porte claqua, juste où s'était fait remarquer, derrière une vitre, un étrange visage portant une épaisse moustache qui débordait sur la bouche. Des yeux sévères les suivaient, dans les bruits d'un chapelet d'objets hétéroclites; des legos, des cubes, des anneaux.

La personne marchait en clopinant, balançant ses objets d'avant en arrière ; déterminée, presque menaçante.

Mais que pouvait-elle faire avec un tel chapelet entourant sa main comme un trésor, comme une chaîne? Un bijou, une arme ?

Quelle étonnante apparition !

Son père et sa mère étaient inquiets. Qu'allait-il se passer ? L'homme pressait le pas sans que personne ne semblât s'en soucier.

Ils entrèrent dans un hall tous les trois, à la recherche de quelqu'un pour les guider; et pour échapper aussi à leur poursuivant.

Et encore derrière eux la porte claqua. Avant de se retourner, un cri de bête se fit entendre, subitement, accompagné de bruit d'objets qui s'entrechoquaient. C'était lui, à la moustache dense, qui les suivait, ces étrangers; ceux-là qui ne faisaient pas référence.

Ils étaient tétanisés, sans voix. Une autre porte s'ouvrit, des mots prirent leur place, signifiants enfin, et leur poursuivant sembla comprendre sans ronchonner, ni s'exclamer. Il repartit.

Des explications furent données, des informations, et tous les trois reprirent le chemin de l'accueil, plus bas. Lui, tenu par deux mains, regardait toujours les arbres passer. Les derniers, tout près du lieu où on l'attendait , étaient les plus beaux; des noyers sans âge. Dans leurs ombres, des milliers de feuilles s'étaient couchées sur les écales et les coques. Il s'amusait en les écrasant.

Ils arrivèrent et d'autres grandes personnes étaient assises autour de lui dans un bureau exigu où tous les regards l'auscultaient. C'était au milieu d'elles qu'il entendit pour la première fois un vocable étrange; le mot Farfadets.

Les Farfadets; la lumière du mot ferait-elle allusion à des personnages frivoles, plus rebelles que sérieux, plus espiègles ?

Ce mot serait le nom de son groupe de vie où l'attendaient d'autres jeunes garçons et filles, d'autres jeunes traînant leurs déficiences. Et ils y arrivèrent, en inconnus, en étrangers.

Maintenant que ses mains avaient quitté celles de ses parents comme des liens qui se brisaient, c'était l'emprise d'un nouveau lieu, de murs qu'ouvraient quelques portes, d'une table, de chaises, de lampes, tout alentour . Tout l'emprisonnait; insoutenable.

Ses parents s'en étaient allés où l'automobile les attendait sous les tilleuls, en perdant à chaque pas un bout de leur cœur. Leur autre vie était là-bas, à réinventer.

Ils remontèrent la pente de la route qu'ils avaient descendue; et combien de fois imagineraient-ils des situations, des scénarios, des injustices peut-être, que leur enfant allait vivre?

Impitoyable déchirure.

SES AUTRES JOURS

Donc tout commença par un vide. Il n'aurait de cesse à le combler, coûte que coûte, comme un but ultime.

Déjà le lendemain, peut-être après une nuit sans sommeil, des prémisses de gestes inaccoutumés s'installèrent. Ils seraient sa parole; une parole sans syllabe, avec juste un son guttural qu'il n'abandonnerait plus; sempiternel.

Gestes stéréotypés comme canal de communication; quelle aventure pour celui qui accompagnait ! Des interprétations, des suppositions. Mais que pourraient vouloir dire des balancements du corps cherchant les angles des portes, les arrêtes des meubles, pour cogner un endroit précis la colonne vertébrale? Balancements entrecoupés parfois d'un non de la tête, avec les yeux levés vers le plafond, révulsés.

Combler la béance.

Les premiers jours seraient une quête incessante de repères, auprès des lieux, des personnes, des objets, des odeurs; quête multi-sensorielle pour retrouver du connu , de là-bas au-delà des arbres qui bordaient la route.

Et après quelques jours l'auto-mutilation apparut, comme un chancre. À chacune des frustrations, des réminiscences peut-être, elle arrivait pour frapper son visage, d'une multitude de forces et de répétitions.

Les problèmes de comportement apparaissaient, et désorientaient toute mesure éducative. Les comportements commençaient à poser problème.

Mais que fallait-il faire quand il se frappait la joue, l'oreille, de toute sa main ouverte, se marquant du rouge de la passion, à celui de la colère, du feu ?

C'était cela; son intérieur brûlait, et aucun fleuve ne pouvait rien y faire.

Il arrivait sans filtre, avec derrière lui treize années d'une enfance merveilleuse. S'en souvenait-il?

Le choc fut insupportable entre un reste d'engrammes de bonheur insouciant et une réalité imposée à tout moment, comme un enfermement.

Les émotions étaient vives, neuves, à fleur de peau. À tout prix les repousser, les calmer, les éteindre.

Il n'aurait trouvé que la violence de sa main ouverte pour cela; une main salvatrice si hostile.

Combler la béance par le mal; pourquoi par le mal ?

Il arrivait dans ces lieux parmi d'autres jeunes indifférents; chacun son monde, le terrible retrait, avec chacun sa gestuelle; des gestes qui marmonnaient, des doigts qui signaient sans signifiés, des mots écholaliques, invétérés; des objets utilisés mais jamais dans leur utilité.

Lui, que pouvait-il entendre des chansons que ce compagnon de groupe pouvait lâcher à tout moment pour retrouver des morceaux de son passé; des chansons comme des liens affectifs, des mots qu'il répétait sans en comprendre le sens , sûrement.

Avec son répertoire, il mettait de la gaieté dans tout son groupe de vie, en regardant on ne sait trop où avec son regard à demi fermé.

Il pouvait tout chanter après s'être approprié quelques airs de passage de tant de personnes connues. Son répertoire, une ancre dans le réel, indélébile. Il faut bien s'accrocher à quelque chose.

Il souriait souvent du lever au coucher; mais ce soir-là, le soir de son vingtième anniversaire, alors que la journée avait été de fête, ses yeux perdaient des larmes. Elles coulaient en silence, dans des pleurs infiniment contenus.

Qu'avait-il entendu lors de sa visite en d'autres lieux, il y avait quelques jours ? Car sa vie au Domaine allait prendre fin, pour en recommencer une autre, vers un autre établissement. Sa vie ici lui avait coûté dix-sept années; toute une identité. Il en connaissait tous les murs, même ceux qui n'existaient plus à force de reconstruction, tous les escaliers, toutes les salles de bain; tant d'habitudes.

Savait-il qu'il allait prendre la route en sens inverse; ce lacet de route qui montait entre les arbres ; à jamais ?

Est-ce que ses larmes l'attestaient ? Qui pourrait le dire ?

Alors que cet autre Farfadet avait trouvé le fou-rire comme bouée dans son naufrage; et aussi une manière toute particulière de tordre à souhait des lacets, des cordelettes, du papier, pour en faire des tortillons qu'il manipulait près de sa bouche.

Quel étrange comportement autour d'objets qui parfois le tordaient de rire !

Il en était friand et déçu à la fois, les fuyant parfois comme une menace.

On aurait pu croire qu'il était en quête perpétuelle de l'objet parfait.

Parfait ? Mais quel objet aurait la prétention d'être parfait?

Objets sans cesse renouvelés, sans cesse adorés puis détestés, accrochés puis rejetés.
Amour, haine; recherche à jamais inassouvie.

UN TROP LONG DIMANCHE

Oui; il était arrivé parmi des jeunes qui lui étaient indifférents; cette indifférence qui n'amènerait aucune histoire commune à construire.

Et dans son premier dimanche au Domaine, après deux semaines de combat contre lui-même, il avait décidé que tout se passerait encore plus mal dans sa bataille intense contre sa joue qu'il frappait à la bleuir.

La contenance était forcée par l'enveloppement mais elle ne durait pas. Il fallait bien continuer à vivre.

Le dimanche était long quand l'autodestruction se mêlait à douze heures de présence. La camisole chimique n'était que temporaire. Et dans ce temporaire, au milieu de l'après-midi, une éclaircie dans le ciel avait embelli son visage.

Assis au sol derrière la porte vitrée, il commença à promener sa main entre son regard et le soleil. Il la bougeait comme un éventail, jouant les rais de lumière; les jouant comme s'ils faisaient partie de ses doigts.

Étrange posture pour une paix éphémère. Une éclaircie dans sa grisaille. On aurait dit qu'il était tout entier dans ses doigts, dans les rais de lumière; en symbiose.

Dans la semaine qui suivit, l'équipe se pencha sur ce dimanche infernal. Trouver une solution; il fallait trouver une solution.

Pour diminuer les traitements, qui étaient difficilement acceptés par tous, l'équipe reprit l'idée de ses parents: lier entre elles le bas des manches. Toujours contenir.

Un lacet les ficelait, liait les pulsions au bout de ses bras.

Au début, ce stratagème fut efficace; mais après quelques jours, il avait compris qu'il pouvait retirer son bras de l'intérieur. Et tout recommença de plus belle; à se bleuir, à se déchirer l'oreille; sans jamais pleurer.

Mais où étaient passées ses larmes?

QUELQUES ACHATS

En ce jour, le groupe était de sortie; les comportements semblaient nettement plus acceptables, pour les uns, pour les autres.

Quelques achats étaient nécessaires pour les activités d'intérieur; de travaux manuels, cognitifs, de jardinage.

Le groupe avançait dans cette immensité d'étalages; le vaste public était là à se retourner sur son passage; parfois plus discrètement du coin de l'œil.

Bien sûr, un groupe venu d'ailleurs ne passait pas inaperçu.

Les mains étaient moites, l'attention était constante; ne rien faire tomber des étalages, ne pas trop s'approcher des gens; la salive coulait parfois en filets volants , la morve collait aux doigts, et serrer des mains n'était pas une belle histoire.

Mais évidemment en pareil endroit, où l'appareil multi-sensoriel s'aiguisait au fil des minutes, le contrôle des frustrations se brisa. L'exigence se lisait sur le visage de la plus intrépide du groupe; ses yeux changeaient son regard, quelques syllabes se répétaient comme des objets manipulés à l'excès. Visiblement, c'était un sac très féminin qui était à l'origine de ces syllabes, de ce tapage, de ces cris, du crâne cogné au sol pour faire mal à ceux qui l'entendaient.

Elle avait jeté son dévolu sur celui-là, qui subitement était devenu vital, comme un morceau perdu d'elle-même.

Pourtant dans le groupe de vie, cette jeune fille semblait comprendre les explications, accepter le fonctionnement en mettant de côté l'énergie du désir. Mais dans cet autre contexte, le désir s'était mis dans l'exigence.

L'attroupement fut inévitable, le spectacle commençait. Et elle repartit avec son sac sous le bras.

Les décisions furent rapides, presque momentanées; le choix des sorties, le choix de tel jeune dans tel contexte devenaient incontournables.

RIEN QU'UNE CEINTURE

Lui, il avait vécu cette sortie de tous ses sens, sans faire éponge, heureusement. Car il était extrêmement sensible à ce genre de situation. Le mal de l'autre il le prenait pour lui. Pourquoi pas ce jour là, entre les étalages ? Mystère.

Il avait pourtant réussi à le faire son réceptacle quelques jours plus tard, en dévorant les émotions passagères de cette même jeune fille du magasin qui n'avait pas opté pour une ceinture, alors que son pantalon tombait trop bas sur les hanches.

Ce jour là, elle avait décidé de laisser son pantalon ainsi; son pantalon taille basse, trop basse. Il aurait été tellement simple de différer; changer de vêtement, ou laisser comme ça; quelle importance?

Les velléités faisaient parfois obstacle à la bienveillance, et sortir vainqueur d'une décision pourrait laisser penser à une victoire personnelle, comme une mission pervertie.

À nouveau, cris, bruits de crâne sur le placard, morsures, vêtements déchirés; toute la panoplie de l'automutilation réunie en un instant. Lui, il fit l'éponge, prenant cette énergie pour la sienne, se frappant le visage comme jamais, sans discontinuer, malgré la contenance des bras dans les manches liées; et à nouveau une chimie appropriée fut nécessaire.

Mystère. Là, le couvercle s'était ouvert sur un intérieur bouillant.

UNE DEMEURE ACCEPTABLE

Comme souvent, l'idée de l'internat n'était pas facile pour des parents qui le décidaient . Alors pendant quelques semaines, l'équipe était contrainte de répondre aux appels téléphoniques quotidiens de ses proches, masquant tant bien que mal la réalité, cherchant les mots qui n'inquiéteraient pas davantage. Car évidemment la culpabilité était toujours présente, et peut-être plus forte encore; renforcée certainement de représentations envahissantes.

Mais, leur vie sociale allait mieux; plus libre d'aller et venir, de travailler. La fratrie, elle, plus sereine, s'était remise à l'étude plus sérieusement, sans se préoccuper des difficultés, des cris, des disputes qu'ils avaient dû subir pendant des mois.

La maison respirait un peu plus, enfin. Plus de cocon central où tout se jouait, envers lequel des milliers de questions avaient surgi, aux réponses lourdes de gravité. Le cocon était plus loin là-bas maintenant, supporté autrement par les distances.

COMME UN VERTIGE

Les jours, les semaines passaient, les mois aussi. Voilà fin décembre dans le vent, dans le grand souffle de l'hiver.

Lui, il s'était remis comme à son habitude derrière la baie vitrée habillée des grands arbres du parc. Il les regardait comme ils se pliaient d'avant en arrière, comme ils s'affolaient. Il s'étonnait; il surprenait ; on aurait dit qu'un murmure s'était caché aux coins de ses lèvres, qu'il communiquait avec le souffle dans les frênes.

Puis sa joie s'activait , ses yeux s'éclairaient en voyant virevolter les feuilles mortes dans l'angle du mur. Il virevoltait aussi, il en avait le vertige, il s'en amusait.

Moment intense dans l'osmose des sens.

Le lendemain, le Domaine s'était vidé de tous ses occupants. Noël était là, au seuil des portes. Chacun rentrait chez lui pour quelques jours.

Des murs vides, il ne restait que des murs vides; et les jours resteraient sans leurs habitudes, sans les gestes réitérés, sans passage, sans voix.

Les Farfadets étaient allés braver les interdits dans leur maison.

LE CAHIER DU RETOUR

Lundi matin; les cahiers de liaison étaient ouverts, faisant traces entre la vie au domicile et l'internat; ouverts comme à chaque retour. Ils étaient lus en quelques secondes pour les uns, un peu plus longuement pour d'autres, du fait de leur contenu ou d'un phrasé difficile à percevoir.
Curieusement l'écriture était très souvent maternelle; matriarcale? On ne saurait comment dire.
Pour lui, ce lundi matin, les informations faisaient plusieurs pages, détaillées comme un film; son film de trois jours entre domicile et parcours fréquents en voiture; en sorties thérapeutiques.
Il fallait bien calmer l'effervescence, entre mieux-être et mal-être presque permanents.
Rouler, il fallait rouler; rouler pour lui, rouler pour eux. Rouler pour rouler; s'accrocher à une rue, aux passants, aux volets bleus d'une maison, à des enfants qui jouaient normalement. S'oublier.

Le Père Noël n'était pas resté longtemps, il n'avait été qu'un courant d'air dans leur esprit. D'ailleurs, dorénavant, il ne serait plus que cela.

Ce matin-là, son cahier était triste, et le point final aux informations était si léger. Léger! Car il aurait même pu ne pas être; la plume s'était retenue d'en écrire davantage, les mots n'arrêtant pas de s'emballer; il y avait tellement à dire.

Devant la porte de sa maison, le taxi du retour s'impatientait.

L'HÉRITAGE DE L'EAU

Ce jour; comment s'annonçait ce jour? D'accompagnement, de prise en charge ?

Charge? Comment pourrait-on penser qu'accompagner soit une charge?

Les jeunes étaient arrivés au rythme des taxis; structurer la matinée resterait compliqué.

Pour lui, ses allées et venues commençaient à faire tourbillon. Contenir devenait nécessaire; une urgence pour éviter la désescalade.

L'eau? L'eau serait peut-être rassurante, sécurisante, apaisante; avec tous les «ante» possibles ce ne fut qu'une tentative. Il voulut se mettre dans le bain avec le lacet au bout des manches, en s'accordant le droit de retirer son bras de l'intérieur pour se frapper quand le besoin s'en ferait sentir. Il y resta un moment, et l'eau coula sans s'arrêter, vaguant dans ses mouvements d'avant en arrière ; l'eau se brisant sur le sol.

L'eau? Comme la première eau de son histoire; l'héritage utérin où la défécation était permise. Il y resta un moment, pour y retrouver quelques sensations primaires, où les fèces se mettaient en surface, ingérées parfois. Que dire!

Difficile approche éducative quand les profondeurs de l'être revenaient en surface!

Manifestement, douze années d'apprentissage avaient été anéanties, pour retrouver un ballon sur un toit, en si peu de secondes. Douze années, et si proche de sa mère pendant six ans comme en laisse au bout du bras. Les premiers six ans sans connaître les bancs de l'école qui lui étaient interdits, par une affection dévorante . Les six autres avaient été comme une libération, car à six ans l'école était obligatoire.

Enfin il avait son cartable sur le dos; enfin la plume sergent-major pouvait faire ses taches d'encre sur ses doigts, entre les lignes, sur les écritures mal ajustées. Enfin il se mettait à l'étude.

Désormais que lui restait -t-il ?

LA MORT DANS L'ÂME

Un ballon sur un toit qui ne serait plus jamais ballon, et qui ne ferait plus jamais tomber personne. Son père n'avait pas mis longtemps à le vider de toute sa rondeur, écartelant tous ses hexagones. Il avait déversé une mer de larmes sur les morceaux de cuir, et toute sa colère, toute la violence qu'il n'avait pas pu retourner contre lui-même. Se punir comme jamais, il n'avait pas pu le faire; pour soulager ses remords, ses négligences coupables.

Dorénavant, il ne supporterait plus la rondeur des choses; ni les abat-jours, ni les poignées de portes, ni les boules de Noël, ni la pomme et l'orange. Rondeur; intolérable forme dans son esprit.

Il savait très bien que son fils voulait faire comme lui; vivre la même passion.

Ah! L'identification au modèle; ici, irréparable.

Les jours se suivaient sans couleur, sans projet, sans rêve. La maison ne chantait plus, parlait à peine, le minimum. Tout était devenu au minimum; les repas, les soirées, les amis. Le travail pour les uns, les études pour les autres pouvaient encore se faire; heureusement.

Mais, la pierre d'achoppement pour ses parents restait les retours en week-end. Le taxi qui arrivait le samedi, faisait rejaillir toutes les difficultés du week-end précédent comme un écho.

Bien sûr, ces jours-là étaient chargés, trop chargés.

Et pour se faire du bien ou pour se faire du mal, à la fenêtre de leur maison qui donnait sur la rue, ses parents regardaient parfois quelques souvenirs de passage, comme celui où, vers cette autre entrée là-bas, un groupe d'enfants jouaient quand le printemps était au bord d'avril. Ils revoyaient leur fils dans ce groupe à chahuter pour quelques billes perdues, ou encore sur son vélo zigzagant entre la route et le caniveau, en chef de file.

Et un sourire semblait éclore aux coins de leurs lèvres, en revoyant dans ce groupe d'enfants, l'un ou l'autre courir dans le jardin d'en face pour chaparder de jeunes fraises rosées. Leur fils, il devait le faire aussi.

Souvenirs d'un bonheur qui ne se voyait pas, alors, dans cette rue des Terres rouges, où immanquablement leurs regards se tournaient vers le rouge sombre qui avait marqué, quelques temps avant, l'asphalte.

Puis, ils rentrèrent à la brune, fermant les volets sur leur nostalgie, leur amertume.

PAR LA FENÊTRE

Mais, il y avait pourtant des chanceux, des innocents qui n'avaient absolument aucune conscience du danger. Ils allaient sans imaginer un seul instant l'après, protégés par on ne sait quelle entité.

Un de ceux-là était allé dans la fenêtre ouverte, se croyant peut-être petit oiseau au bord du nid. Il s'était retrouvé six mètres plus bas, bien sûr déjà cassé au préalable, mais sans aucune égratignure.

Il s'était remis debout, se cognant les tempes des pouces en stéréotypies gestuelles, comme toujours; et il était reparti dans sa démarche cagneuse.

L'étage l'avait cherché un moment, avant de trouver dans le couloir la fenêtre ouverte, et les déductions avaient été vite faites.

Les sanctions n'avaient pas tardé. Mais pas pour l'oiseau tombé du nid, car lui, il avait retrouvé toutes ses «papailles», si ardemment regroupées dans ses mains. Des pailles, de simples pailles. D'ailleurs, on le soupçonnait d'avoir voulu descendre au plus vite pour aller chercher l'une d'elles qui était tombée dans la cour.

L'une d'elles manquait , et c'était la vie qui pouvait basculer.

L'étage pouvait se dire maintenant que les miracles existaient , et qu'il en était témoin.

Les entités étaient parfois protectrices

DES JEUX ÉTRANGES

Le printemps s'était mis à courir bien vite. Le parc, à nouveau, était cerné de feuilles de chênes, de frênes et de marronniers; et des fleurs sur sa petite prairie étaient venues chatouiller les herbes. Le bel été arriverait bientôt de partout.

Là-bas, tout au fond, à l'ombre des longs bras d'un frêne, un jeune à genoux semblait sourire jusqu'aux cils. Son teint avait changé; nettement plus sombre, nettement plus brun que d'habitude. Non, rien à voir avec les rayons du soleil sur sa peau.

Il s'était mis à chercher on ne sait trop quoi dans les herbes digérées, posées au hasard par les vaches d'hier venues paître au parc. Son teint n'était plus que bouse, que bouse aux dents blanches.

Étrange jeu de l'enfance; les doigts dans de curieuses fanges au gré des trouvailles; ce jeune fardé avait vingt ans.

Et lui, il l'avait vu tout au fond du parc à l'ombre du frêne, et avait voulu prendre un peu de son bonheur. Il s'était assis à quelques pas sans le masque des mauvais jours.

Dans un abandon incompréhensible, presque mystique, il s'était mis dans une fleur de toutes ses pupilles; dans sa tige, son calice, dans la chaleur du soleil.

Ce fut un formidable instant, au temps suspendu, presque extatique. Il ne restait plus rien du monde, ni de ce parc; plus rien de sa souffrance; que la fleur.

À LA FÊTE DE L'ÉTÉ

Sur le calendrier c'était le premier jour de l'été; un samedi où le Domaine faisait sa fête traditionnelle.

Comme chaque année, c'était une longue préparation dès le printemps. Chaque groupe innovait un spectacle selon un thème donné des mois à l'avance; et chaque groupe se lançait aussi dans des préparatifs de vente: de plantes, de confitures, d'objets de décoration; chaque groupe préparait ses costumes.

Cet après-midi-là, une ferme équestre avait ramené ses chevaux; des chevaux connus, depuis longtemps rencontrés lors des séances d'équitation.

Le parc avait mis toutes les couleurs des beaux jours de fête, avec ses stands, ses tables et ses chaises placées sous les branches; chacun affublé comme il l'entendait.

Lui, il s'était levé sous de bons auspices; le visage éclairé, les yeux rieurs, le menton et la bouche ventilés de petits papiers qu'il trouvait dans les pages de quelques revues, de notes de service arrachées au tableau d'affichage, de bouts de tapisserie décollés des murs de sa chambre.

Gestes coutumiers, réitérés pour une autosatisfaction singulière jusqu'au milieu de l'après-midi où il fit son petit tour de cheval, sans peine.

Puis l'instant devint incompréhensible. Ses parents apparaissaient au portail d'entrée, infiniment joyeux de retrouver leur fils sur quatre pattes, à deux mètres du sol; soupçon de pensée inimaginable si peu de temps avant. Lui, subitement lâcha le petit bout de papier qui ventilait ses lèvres, lâcha les rênes du cheval, pour se frapper la joue sans retenue.

L'instant fut terriblement affligeant, insupportable pour ses parents qui avaient commencé à vivre l'événement de tout leur cœur. Et à nouveau ce fut la désillusion.

Que dire, que faire, dans toutes ces allées et venues de gens qui observaient sans regarder. Partir; ils ne pouvaient que repartir.

Ce fut déraisonnable; une surprise et tout s'effondre, de bons sentiments en désescalade.

Il regagna sa chambre, coupé de tout. Toute approche et autres mots furent vains.

COMME UNE ÎLE

Le lendemain matin, après son petit-déjeuner, toujours pris à grande vitesse, il voulut sortir pour regarder la lumière casser les ombres sur le coteau , le vent qui s'emmêlait partout.

Sur la terrasse de son groupe de vie les fleurs tremblaient, et des tubes du carillon s'échappaient des sons aigus. Il s'était couché sur les dalles, de tout son long, l'oreille endolorie collée à la fraîcheur prisonnière de la pierre. Elle lui faisait du bien sans doute.

Cette terrasse était une île où se réunissaient toutes les couleurs que le soleil de l'aube rapportait de derrière l'horizon. Lui, il aurait pu croire que le jour commençait là, sur ces dalles, entre les pots débordant de pétales. Il aurait pu croire que les mésanges arrivaient en même temps, portées par les premiers rayons jusqu'aux mangeoires. Il aurait pu croire que tout allait bien dans cette lumière qu'apportait le soleil, croire à cette douceur.

Dans ce matin où l'été suivait son cours, il avait gagné une bataille sur ses ombres.

QUEL DÉFI !

Les vacances d'août arrivaient , avec des dahlias dans leur jardin, des fleurs de cosmos blanches et violettes, des hortensias bleus. Quelques jours de vacances pour rattraper le temps perdu des mauvaises pensées, des culpabilités du placement, des rancœurs.

Ils s'étaient lancé ce défi. Une aventure sans précédent. Une mauvaise aventure, car les tensions s'accumulaient au fil des jours. Ses parents ne se parlaient qu'en disputes, la fratrie ne vivait que de fuites, la famille n'était plus que déliquescence.

Lui, il était resté dans son fonctionnement, tellement invétéré, avec ses multiples déviances. Que faire quand presque tout était déconnecté; quand les apprentissages étaient rompus à beaucoup trop d'endroits ?

Les placards s'ouvraient et se refermaient, s'ouvraient et se refermaient, s'ouvraient et se refermaient; la lumière s'allumait et s'éteignait, s'allumait et s'éteignait; les nuits étaient infiniment longues dans l'alternance des bons et des mauvais moments .

Alors, la voiture roulait, roulait en balancements de berceau quand tout devenait insupportable; pour apaiser ; le matin, le soir, dans les nuits de cauchemars.

Heureusement que les vacances avaient une fin. L'internat revenait et soulageait; maintenant il ne restait plus qu'à ranger, qu'à réparer; avec toujours plus de pansements sur les âmes. Sa chambre n'était plus qu'un dépôt disparate.

Il reviendrait plus tard, une autre fois, pour recommencer; recommencer encore, dans une quinzaine de jours. Le compte à rebours avait commencé.

À LA FORCE DU DÉSIR

Revoilà les couleurs de septembre; revoilà les colchiques. Ils se dressaient au-dessus des herbes froissées d'un léger courant d'air. C'était l'automne dans la porte vitrée.

Des taxis passaient; ceux du mercredi; de l'externat. Son compagnon de groupe ne comprenait pas; des taxis partaient sans lui. Il courut en clopinant chercher ses chaussures alors que toutes les explications lui étaient données: "Attendre; il fallait attendre".

Attendre? Mais, chez lui le désir n'attendait pas. Insensés, tous ces mots étaient insensés. Qu'était-ce le temps pour lui ? Après, ce soir, demain, les heures, les jours de la semaine? Il était atemporel.

Un compromis fut lancé; il accepta la promenade sur le chemin d'en-bas, toujours accroché à son désir inassouvi.

Il passa devant un véhicule de l'établissement, et fonça la tête la première dans son pare-brise qui éclata en milliers de morceaux.

Sa décision avait été rapide, terrifiante; son désir plus fort que ça, plus fort que tout; et sans égratignure, il s'en était sorti sans égratignure.

Il avait plutôt choisi les choses que les êtres, décidé de s'en prendre à ce que représentait le lien affectif d'un véhicule, plutôt qu'à celui qui l'accompagnait.

Heureux dénouement d'une souffrance qui ne pouvait pas se dire autrement; quel triste langage!

La lumière de septembre éclairait les colchiques. Il s'était remis à les regarder derrière la porte vitrée, comme si rien ne s'était passé, comme si son acte n'avait engendré aucune frayeur, aucune culpabilité à la main qui avait tenu son bras.

IL SUFFISAIT D'UNE FOIS

Quelques jours plus tard, après cet événement du pare-brise que d'aucuns auraient pu soupçonner, un autre événement tout aussi inimaginable lui était arrivé.

Épileptique depuis des lustres, il prenait son bain. Il avait sur lui un effet tout à fait bénéfique; détente, enveloppement par l'élément, nostalgie de la symbiose; il y était serein.

Et depuis des lustres aucun signe épileptique; plus rien, vraiment. Il avait réussi à trouver un équilibre avec son traitement. Pourtant, sans que plus personne n'y songeât, venue d'un temps révolu, une crise s'était emparée de lui.

Des râles sortaient de son être comme des grognements de bête apeurée. Dans l'eau, à mi-chemin entre sternum et menton, il faisait des convulsions. Les yeux révulsés, le corps raidi, la tête tremblante hors de l'eau qui se débattait.

La tête plus basse, l'eau plus haute, et tout aurait pu aller très vite en scénario catastrophe, si la surveillance avait été plus lâche, la confiance trop sûre.

Depuis , le respect de l'intimité et des portes plus ou moins fermées n'étaient plus des sujets à palabrer pour la bientraitance .

Mais, quel étrange comportement, quel langage du corps après la folie du pare-brise! Quel choc, pour remettre dans l'actuel des crises qui n'étaient plus jamais réapparues depuis la petite enfance!

Il suffisait d'une fois.

UNE PLÉNITUDE

Ah! il était loin le temps du ballon sur le toit; le soir d'octobre où tout avait basculé. C'était le deuxième octobre qu'il passait dans ces murs; le deuxième qui posait sa couverture d'ocre.

De son lit, à son réveil, quand le groupe se mettait en mouvement, quand le jour s'ouvrait, il voyait passer dans le ciel des escadrilles d'oies cendrées. Il s'émerveillait, il les touchait du bout des doigts entre les carreaux des vitres , au-dessus des grands arbres. Avec, dans l'autre main, son petit papier qui effleurait le bout de ses lèvres, il était dans leurs ailes, dans la plénitude de leur vol.

Comme le soir à sa fenêtre, couché sur son rebord, quand sa tête touchait les étoiles, il était dans leur silence, perdu quelque part dans leur infini.

Des moments de privilèges, pour lui, pour tous;

des moments où le groupe était calme, sans dissonance. Un temps où tout s'écartait; les négations, les injonctions, les extravagances, les conduites intempestives, les comportements agressifs, auto-mutilants.

Un temps rare à vivre de toutes ses cellules.

UN REBELLE

Dans la chambre à côté de la sienne, il y avait un autre adolescent autrement inscrit dans le langage; des prémices d'expression, un peu plus dans la compréhension; et qui avait développé au fil du temps quelques stratégies pour interpeller, dire son mécontentement, souvent, plus que tout le reste.

Mécontentement de son placement sûrement, et de toutes les contraintes et autres interdits institués. À savoir que l'organisation devait être réglée pour tous à peu près de la même manière, indépendamment des pathologies, des problématiques de chacun.

Le soir au coucher, les portes étaient fermées de l'extérieur. Il était donc impossible de sortir des chambres, impossible d'aller et venir. Comme il fallait prévenir l'insécurité des uns et des autres, il était donc impossible de se rendre aux endroits nécessaires.

Que faire alors quand les envies pressaient, et que frapper à la porte n'était pas une habitude. Et lorsque dans la nuit s'ouvrait la porte, aux heures programmées pour les changes, l'odeur voyageait déjà, de l'entrebail aux narines.

Cet adolescent s'était évertué à écraser ses fèces dans les trous du radiateur, peut-être comme une vengeance.

Au petit matin, l'énergie s'était mise au nettoyage en une vaste épreuve; d'autant plus qu'il avait poussé la malice jusqu'au plafond, en y jetant des boulettes collantes comme de la pâte à modeler.

Dans la chambre à côté de la sienne, un adolescent se rebellait parfois.

TERMINER SON OUVRAGE

Le temps passait , entre planning d'activités et moments clés du quotidien.

L'hiver était là, dans ses courtes journées où l'enfermement était plus notoire, l'obscurité plus forte que la lumière, où l'énergie était plus confinée, parfois un peu plus explosive.

L'après-midi se terminait; le dîner s'apprêtait avant d'entrer dans les préparatifs de la nuit.

Le plus ancien du groupe de vie, le plus solitaire et grignoté de tumeurs bénignes, les mains noircies pour les avoir traînées au sol et chargées de poussières pour les manger, se mit à table après son passage à la salle de bain. Puis, il se releva subitement. Avait-t-il oublié quelques miettes, quelques particules dans un coin de la pièce ?

Subitement, l'ordre lui fut donné de rester à table, avec insistance; avec trop d'insistance.

L'heure était au repas. On ne dérogeait pas aux besoins essentiels.

Il se releva à nouveau plus violemment, entraînant tout sur son passage, comme une furie que rien ne pouvait arrêter.

Les assiettes prirent des ailes, les plats s'arrêtèrent sur le sol.

Il regagna le coin qu'il avait quitté quelques minutes plus tôt, pour terminer son ouvrage. Il devait terminer son ouvrage.

Tant bien que mal, le repas put se faire sans lui, malgré tout, avec ce qui restait à consommer.

Habitudes, règles, fonctionnement; qu'importe. Il lui restait quelques poussières à prendre.

UN MAL INSIDIEUX

Les étrangetés, que l'un ou l'autre inventait, continuaient à surprendre.

Pour cet autre, son idée était passée dans le genou, dans le plaisir de luxer sa rotule, quand ça l'enchantait, à volonté.

Évidemment, avec le temps son genou lui disait que ça suffisait, et qu'il était nécessaire de passer à autre chose, car la marche devenait compliquée.

Bien sûr il ne l'entendait pas. Il n'en faisait qu'à sa tête comme toujours.

Quoi qu'il en fût maintenant la difficulté à la marche était là, et il clopinait. Et il clopinait tant que beaucoup d'activités lui avaient été supprimées, au grand dam de ses parents. L'eau dans le genou ne poussait pas à l'effort.

Souvent, même dans le groupe de vie, ses déplacements étaient à l'économie.

Il était midi, l'heure du déjeuner avait sonné. Il entendit son prénom plusieurs fois; il ne vint pas; malgré quelques tentatives pour avancer, un pied ne passait pas devant l'autre. Il vint en fauteuil roulant jusqu'à la table, et il y resta sans perdre un zeste de son repas, avec toujours la même avidité.

Et il en repartit de la même manière, sans aucune manifestation de douleur, avec juste l'impossibilité de marcher. Puis, il retrouva sa chaise d'avant, sans avoir pu mettre un pied devant l'autre.

C'était un mal insidieux qu'il s'infligeait , invisible sous le pantalon.

La marche? Elle ne l'enchantait pas toujours, il faut bien le dire; et même avant cette période de luxation de sa rotule.

Quand le chemin d'en-bas nous invitait, son opposition était souvent plus forte que les bras qui l'entouraient. Son angoisse surgissait ; dominante.

Alors, il s'arrêtait spontanément où il avait décidé de le faire, et ce n'était pas l'éloignement de l'un ou de l'autre qui l'inquiétait. D'ailleurs, à ce moment-là, rien ne semblait l'inquiéter, si ce n'était la longueur du chemin dans le vaste monde .

Il restait debout, planté comme un pilier; son unique défense.

LA DERNIÈRE NUIT

Comme tous les matins, les mêmes portes s'ouvraient; les mêmes bruits des premiers arrivés, avant d'entendre les commentaires de la nuit. Mais aujourd'hui les bonjours étaient ternes, difficiles à dire, tristes.

Ceux qui étaient de la nuit avaient vécu une nuit peu ordinaire. Car celui du bout du pré, souvenez vous; celui qui s'était grimé de vieux restes de ruminants, ne le ferait plus. Il n'irait plus dans ses errances effrénées, sans raison; ne ferait plus cet immense désordre tant redouté par ses proches, quand il rentrait chez lui les fins de semaine. Dorénavant, tous les bibelots garderaient leurs poussières.

Cette nuit, il avait décidé de faire errance dans son lit, jusqu'au fin fond de ses couvertures, en aventurier nocturne.

Et il s'en était allé tellement loin dans son tourbillon de laine et de draps, qu'il n'avait pu s'en échapper. Éternel prisonnier du noir.

Il était mort dans son lit tout au fond, privé du nécessaire à la vie. Il fut retrouvé aux changes habituels, en position fœtale comme au début de son existence.

On le vit pour la dernière fois tout en haut dans les combles entre des candélabres, pour un adieu, dans une des dernières pièces qui touchait le ciel.

Il était si calme, presque trop sérieux.

POUR UNE BASSINE ROUGE

C'était la lumière d'avril qui tachait le parc, mettant du jaune sur les primevères comme sur les fleurs des pissenlits. Le vent passait sur elles avec légèreté, en irréguliers souffles d'air. Le printemps étalait son décor.

Une animation toute particulière s'était préparée à l'ombre des feuilles nouvelles; ici et là quelques chaises de jardin, des couvertures au sol pour les plus fatigables.

Des groupes de vie s'étaient réunis pour goûter aux premières chaleurs des métamorphoses, aux gâteaux fraîchement préparés par la cuisine. Des groupes de jeunes et des adultes, qui jouaient, se parlaient, allaient de l'un à l'autre, plaisantant, s'échangeant des nouvelles des choses de la vie, d'ici et d'ailleurs. Moments de joie, comme une fête .

Puis, une voiture pénétra dans l'enceinte, connue pour être celle du docteur qui faisait sa visite dans l'établissement deux fois par semaine.

La voiture cahotait dans les creux et sur les pierres, faisant soubresauter les deux silhouettes qui se trouvaient à l'intérieur. Deux silhouettes! Petit à petit, les deux silhouettes se montraient en personnes connues derrière le pare-brise; le docteur et son passager, cet amoureux des récipients rouges qui n'avait de cesse qu'il les retrouvât une fois fixés dans son regard.

Il s'était échappé en-dehors de l'établissement, à l'insu de tous, pour récupérer une bassine rouge rencontrée la veille, en passant devant la pénombre d'un sous-sol.

Défait des surveillances, de l'enthousiasme d'un rassemblement à l'ombre des feuilles nouvelles, il était allé braver les dangers de la rue pour un trésor enfermé dans ses yeux.

Quelle malice, quelle audace, quelle inconscience !

GRAND-PÈRE

Lui, il continuait à rentrer chez ses parents tous les quinze jours, avec ses tempêtes, malgré ses manches lacées au fond des bras.

Les nuits; ah! Ces nuits où le silence faisait tout entendre.

La fratrie allait dormir chez des amis. Père et mère se relayaient dès les premières heures du soir, et jusqu'au petit matin, en conduites ininterrompues. Pour eux, la nuit était une trop longue période de sommeil alterné. Quand l'un menait la voiture sur les routes, l'autre essayait de dormir un peu.

Lui, il était sur la banquette arrière , morceaux de papier frottés contre les lèvres, son guttural incessant qui lassait infiniment, surtout pour celui qui écoutait.

Il ne dormait pas, il ne dormira pas, possédé comme à son habitude par on ne savait quel maléfice, quelles ondes négatives traversant l'espace, et que personne d'autre ne percevait. Et parfois quelques coups s'animaient , contre la joue, contre l'oreille, pour ne pas oublier le geste qui asénait , pour ne pas être bien trop longtemps.

Et puis, cette nuit était nullement pareille aux autres nuits, car le grand-père était parti dans le ciel pour voyager entre les astres géants.

Depuis quelques mois, il n'avait plus l'envie de la parole, du sourire, ne se contentant plus que de nourritures frugales.

Depuis que son petit avait changé, il avait changé aussi, se laissant aller au glissement, à une vieillesse encore plus rapide.

Un jour, il lui avait offert un ballon; le ballon tombé sur le toit.

POUR UN ÉLASTIQUE

La semaine qui suivit fut contagieuse; une contagion négative qui amena à chacun davantage de mal-être.

Dans le groupe de vie, le problème de l'un dériva en problème pour l'autre.

Comme pour celle qui avait construit des croutes sur ses bras par quelques griffures en récidive, pour les manger; et recommencer, et recommencer.

Comme cet autre qui pratiquait l'onanisme partout où il pouvait s'isoler, assis en tailleur, même à l'extérieur entre les voitures; et recommencer, et recommencer.

Tous, pour se dérober à cette ambiance délétère, allaient chercher une auto-satisfaction à l'endroit privilégié. Comme cette autre adolescente, attirée par tout ce qui était mis dans les cheveux;

pinces, barrettes, chouchous, élastiques, et n'ayant de cesse d'en trouver, avait jeté son dévolu dans les cheveux de l'accompagnateur qui était à proximité.

Cheveux longs jusqu'aux épaules, et rassemblés comme souvent, il était assis en face d'elle qui l'observait comme une idole, avec une admiration sans borne. Puis, elle dépassa les bornes, sans aucune retenue. Son désir de possession de l'objet dans les cheveux dirigea la main, déterminé. Le recul pour signifier l'interdit fut fatal. Elle asséna un violent coup de tête sur le nez de cet interdit qui cassa de rouge partout.

Expression d'un mal-être; d'un désir irrépressible pour combler le vide d'un objet manquant ? Quête d'une jouissance, d'un absolu à tout prix ? Comment pourrait-on dire ?

DE CHARYBDE EN SCYLLA

Le corps médical décida de revoir son traitement, pour son bien et le bien commun. Une autre médication fut prescrite, plus tenace à ses changements d'humeur.

Les premiers jours, il les passa entre le lit et la table, avec quelques échappées dans les hautes herbes de l'été. Quelques fétus avaient remplacé les morceaux de papier pour effleurer les lèvres et le menton. Et à nouveau il s'adapta à son traitement , contrariant les plus fins doseurs d'élixirs. Il s'était remis à se harceler de plus belle, après quelques jours, comme s'il fallait rattraper un retard.

Pour pallier à la démesure, des mesures extérieures à la structure furent prises par les autorités médicales. Ainsi, il fut sanglé à son lit un peu les matins, et un peu plus les après-midis.

Reposer sa peau teintée de bleu devenait une nécessité. Elle craquelait par endroits comme une terre aride. Sa souffrance étalait son empire; elle allait crescendo.

Cette force qui l'habitait faisait perdre toute tentative de réconciliation avec une paix que son entourage souhaitait pour lui. Que faire quand l'échec prenait le dessus, et que les bruits assassinaient tous les silences ?

Il fallait bien que son entourage se retrouve quelque part, avec lui-même; retrouver la quiétude. Il fallait bien reposer l'esprit sur quelque chose d'agréable, compenser par des forces positives; la famille, les hobbies, les passions; oublier l'insensé. Même la musique ne s'écoutait plus; dans la voiture, à la maison. Les échos des difficultés prenaient trop de place.

Peut-être que lui, il avait gardé dans son être, quelque chose du dernier voyage de son grand-père dans le ciel.

LA VICTOIRE DES MATINS

Tous les matins, du parking, les chocs arrivaient. Des coups sur la porte, sur les murs; avec la main, avec la tête, les talons, le corps tout entier; à écourter le sommeil des plus proches.

Il tapait dans sa chambre depuis combien de temps ? Depuis combien de temps partageait-il ainsi son pandémonium avec toute la nuit; de sa chambre aux couloirs, aux bâtiments, aux arbres de la forêt, aux étoiles, aux oreilles des villageois sûrement?

Dans les têtes de ceux qui arrivaient, l'envie d'être ailleurs s'en allait plus loin où l'accueil serait plus jovial. Se projeter dans la chambre où il se trouvait, c'était comme un mauvais choix , difficile à revivre à chaque fois. Mais, c'était le métier; souvent donner et ne rien attendre, de positif; se contenter de peu quand il se proposait; oui, de si peu.

Les escaliers étaient pénibles dans ces petits matins, comme s'il fallait commencer la journée par une victoire sur soi.

ÊTRE ATTENDU

Mais bien entendu, il y avait des arrivées plus heureuses quand des yeux se posaient sur vous, de bout en bout, de la voiture se garant sous les arbres, à votre entrée dans le bâtiment.

Et les yeux de celui-là ne vous lâchaient pas, presque sans ciller derrière la baie vitrée. Il savait qu'à un moment donné vos pas résonneraient dans le couloir, et quand la porte s'ouvrirait, que ses bras vous envelopperaient comme une couverture, vous offrant toute sa chaleur. Il savait qu'il vous serrerait sans rien perdre, ni de vos mots, ni de votre odeur; soulagé de votre trop grande absence.

C'était comme un remerciement d'être revenu, une reconnaissance pour tout ce que vous pouviez vivre avec lui dans le quotidien, et dans quelques activités qu'il acceptait de partager sans opposition, avec vous.

Dans l'une d'elles, en atelier, juste sous le toit des combles , il aimait voir le crayon en actif-aidé se promener sur le papier pour griffonner quelques traits qui faisaient des fleurs pour sa mère, et d'autres traits autrement rangés pour son père, dans le cahier à la pochette bleue.

Ce cahier partait avec lui dans sa famille, avec des dessins, des photos, des descriptions d'événements de tout genre; des moments de son histoire. C'était du vécu qu'il ne pourrait jamais raconter autrement ; comme un trésor de mémoire.

Il aimait aussi les commentaires lancés dans la pièce; les uns faisant allusion à son prochain retour en week-end, les autres à tout ce qui l'accrochait en particulier, comme l'orage avec son tonnerre, son vent et sa pluie. Il en faisait une démonstration en gestes et en bruits, comme pour conjurer une peur ancestrale.

Il y avait des arrivées plus heureuses que celles des petits matins chargés de fracas. Quand certains vous attendaient, le métier retrouvait d'autres valeurs.

DÉFIER LA RÈGLE

Et à nouveau les enthousiasmes chutaient, un peu plus tard, un autre jour. Rien ne durait trop longtemps, comme si tout était à refaire; comme s'il n'y avait jamais rien d'acquis définitivement.

Ce jour-là, juste après le déjeuner, comme à chaque fois, tous regagnaient la salle commune. Mais elle, adolescente rebelle, revint. Allez savoir pourquoi!

La règle remit des mots, cherchant à affirmer son pouvoir. Elle, elle l'entendit mais ne l'accepta pas, claquant la porte contre le radiateur avec insistance pour montrer son désaccord. Le pouvoir reformula la règle, posant les mots comme des limites, l'accompagnant du geste pour l'écarter de la porte.

Et tout bascula comme parfois quand l'acceptation était trop pénible, la frustration insupportable.

Elle se mordit sans retenue les avant-bras comme s'ils n'étaient pas les siens, et commença à déchirer ses vêtements; bouscula une jeune étonnée qui regardait, l'envoyant rendre visite aux autres les quatre fers en l'air, tout autant étonnés, effrayés ; se jeta au sol en se cognant la tête à plusieurs reprises, criant à tue-tête, avec des larmes et du sang sur les lèvres qu'elle crachait ici et là, vous regardant dans les yeux comme un « au secours ».

Puis, elle retira son pantalon, un peu du reste, pour se retrouver presque nue dans la salle commune.

Allez ! cessons la description d'un profond mal-être; elle partira avec une tierce personne vers un autre lieu, pour retrouver la quiétude.

Elle; oui, elle qui s'était déjà manifestée dans un

commerce pour un sac qu'elle avait obtenu; rappelez-vous en.

Ici, dans le groupe de vie, la règle structurait parfois, pour donner sens à un vécu qui devrait ressembler peu ou prou à une normalité sociale.

L'HERBE IDÉALE

Ce jour-là, le soleil passait difficilement entre de grosses montagnes grises dans le ciel, certainement gorgées d'eau. Mais quand il était là , il chauffait vraiment; c'était l'été sur le chemin que les jeunes empruntaient souvent, presque chaque jour.

La marche avait tant de bénéfices, surtout pour ceux qui ignoraient toute autre activité physique.

C'était le chemin d'en-bas, celui qui s'en allait du village pour serpenter entre les champs, et pour aller vers un autre village.

L'un ou l'autre qui le prenait, il le prenait souvent avec ses accoutumances; surtout pour celui qui avait pris pour habitude, souvenez-vous, de tortiller des bouts de ficelle.

Il partait sur ce chemin toujours dans une quête inlassable, et il s'y pressait en courant. On aurait pu croire qu'il emmenait avec lui une urgence.

L'urgence, c'était la recherche de la touffe d'herbe idéale; elle commençait dès la fermeture du portail, à peine l'établissement derrière lui. Il la voyait de loin, se dépêchait, l'arrachait avec vigueur. Puis il en faisait un tortillon entre sa bouche et son nez; apaisé.

C'était l'objet de prédilection, tellement désiré, tellement aimé, tellement effleuré comme un sein maternel; si maitrisé entre les paumes de ses mains.

Quelques mètres parcourus, et une herbe nouvelle se proposait. Le tortillon investi était abandonné comme s'il était de trop; il avait trouvé son substitut.

Étrange comportement habité de quête et de conquête, de besoin et de lassitude; d'amour et de haine.

AU-DELÀ DES LIMITES

Deux ans déjà qu'il était là, au Domaine, où l'éducation était une mission; une lente mission.

Pour lui elle fut si lente qu'on ne savait pas trop ce qu'il avait appris. Un contexte peut-être; un contexte qui faisait repère; des limites?

Mais ces limites, il avait toujours essayé de les dépasser dans tous ses mouvements, dans toutes ses décisions, ouvrant les portes des placards, du frigidaire, la poubelle, pour se servir. Il allait se servir quand l'envie lui prenait , comme dans sa maison peut-être.

Mais ce jour-là, ses mouvements furent démesurés, car dans son bain il réussit à changer la température de l'eau. Pas de mitigeur, il avait donc été facile de braver l'interdit, et de tourner le robinet d'eau chaude. Bien sûr, à ce moment-là d'autres comportements difficiles avaient soustrait toute attention.

L'eau était déjà montée jusqu'aux hanches, et lui se ventilait avec son bout de papier, indifférent. Le trop chaud avait rougi sa peau, beaucoup trop; et ses talons étaient devenus cramoisis.
Il était resté là, visiblement insensible.
Maintenant ses talons pelaient comme d'autres parties du corps; et autour de lui ce fut l'affolement.
Rapidement, les urgences étaient arrivées et avaient prodigué les premiers soins. Lui, ne semblait souffrir de rien, juste peut-être comme souvent, de quelque chose de beaucoup plus profond.
Brûlé au troisième degré sur une bonne partie du bas du corps et des coudes, il fut placé dans un coma artificiel; et ses parents ne voulaient pas que tout s'arrête définitivement.

Leur attachement aux douze années de son enfance restait plus fort que tout. Plus fort que l'impossibilité de vivre ce qu'ils enduraient quand il rentrait chez lui toutes les quinzaines, avec son immense bagage.

LA LANGUEUR DU TEMPS

Peu à peu la vie s'éveillait sur son lit d'hôpital. Une vie sanglée; aux mains, aux pieds, au corps, pour éviter qu'il n'enleva ses pansements, qu'il ne se frappa.

Lui, dans sa singularité, était une étrangeté pour le corps médical.

Il avait fallu six mois, six longs mois pour le reconstruire tant bien que mal entre les infections et les greffes.

Mais que pouvait-il faire ainsi, couché sur son lit pour lutter contre le temps, la langueur du temps?

Il regardait le soleil peut-être, se coucher tout au bout du ciel, et attendre que le bleu devienne noir, et que des étincelles s'allument. Il regardait la lune sûrement, quand elle était au rendez-vous derrière quelques nuages sombres. Il écoutait le vent aussi, qui murmurait aux interstices de la fenêtre, ou plus loin hurlant sous les toits. Passait-il le temps dans sa rue d'enfance où se jouaient les jeux de billes, de ballon contre les murs ? Ou dans sa chambre à la lucarne pour revoir ses livres, ses papillons épinglés dans la boîte en verre?

Allait-il aux réminiscences, prisonnier de son lit ? Que pouvait-il faire de plus!

LES AUTRES

Les autres à l'internat semblaient ne pas s'inquiéter de son absence; d'ailleurs, pourquoi le feraient-ils ? Ils vivaient leur fonctionnement stéréotypé tout en participant quotidiennement à des activités qu'ils n'avaient jamais choisies, comme par une inaptitude innée à se projeter; mais des activités qui semblaient convenir aux objectifs pensés par les professionnels.

Dans leur désorganisation sensorielle, ils étaient constamment en quête d'auto-satisfactions.

Comme cette autre à la recherche de papiers; dans des revues, dans des cahiers, dans tout ce qu'elle pouvait effeuiller; ou tourner les pages pour en entendre leur bruit, et se satisfaire du petit vent qu'elles faisaient, fermant les yeux pour mieux ressentir l'instant en méditation sommaire.

Elle en faisait des trésors qu'elle cachait derrière

les radiateurs, sous les lits, les canapés, pour les retrouver à d'autres moments.

Comme cette autre aussi, quand les activités ne la prenaient pas, qui cherchait dans son nez tout ce qu'elle pouvait trouver, profondément, comme si rien ne se perdait.

Et cette autre encore, qui arpentait le groupe de vie vers le moindre recoin, pour on ne sait trop quel butin, en petits pas, mélangeant sans cesse son pouce avec ses autres doigts, s'arrêtant ici et là, histoire de marquer son territoire de quelques traces de salive qui s'échappaient de sa bouche entre-ouverte.

Ces autres n'existaient vraiment que dans leurs trouvailles, quand l'organisation était en veille; dans leurs idiosyncrasies.

L'ÉCHO DU LANGAGE

Puis arrivait parfois, quand la surveillance était moins étroite, celui d'un autre groupe, confondu souvent avec son frère qui était son jumeau.

Il avait aussi une attirance pour les pailles, comme celui qui était passé en bas du premier étage sans prendre l'escalier. Il était certainement venu pour en trouver.

Et au bonjour qui lui était lancé dès son arrivée, il répondait sans attendre, ainsi qu'à tous les autres mots prononcés. Il répondait avec exactitude aux derniers mots, primesautiers.

Étrange conversation avec ce visiteur doté de son propre langage, qui ne commençait presque jamais les premiers mots, mais répétait les vôtres, et peut-être sans en connaître le sens.

Étrange communication qui vous laissait le choix de deviner ce que pouvait être le désir de l'autre.

Étrange échange écholalique. Ah! Le psittacisme déroutant.

L'émetteur averti aura eu l'idée de lui proposer différentes solutions pour un feed-back réussi; notamment les choses elles-mêmes, les plus probables.

Bien sûr, il savait où en trouver de ces pailles qui faisaient son bonheur, pour quelques heures, pour quelques jours; puis tout recommençait; avec toujours le même échange unilatéral pour la même recherche insatiable.

CET AMOUREUX DE L'EAU

Le lendemain était un jour après la pluie. Elle était tombée en laissant des traces un peu partout où des bosses avaient fait des creux, où le temps avait usé les surfaces, aux ornières plus larges que des roues.

Et celui-là, d'un autre groupe, avait disparu depuis un moment, recherché avec inquiétude. Où était-il passé ?

À la fontaine évidemment, à la fontaine où il ne coulait jamais d'eau. La fontaine comme phare, comme borne de repérage, comme monument aux mille histoires. Il y était assis, à patauger dans deux centimètres d'eau qu'avait laissés la pluie, pour son bonheur d'escapade.

D'ailleurs, comment aurait-il pu en être autrement pour cet amoureux de l'eau, ce conquérant des flaques, des plus petites aux plus grandes; des mares, des étangs, des lacs; toutes celles qui se trouvaient à bout de bras !

Elles étaient toutes une attirance, une obsession; et le filet d'eau du robinet, une coulée magique, surtout quand d'autres prenaient leur bain.

Celui-là, d'un autre groupe d'à côté, aux cheveux blonds et aux yeux d'azur que l'eau avait marqué de son sceau originel, était retrouvé.

INSTANT DE PAIX

Nous étions au petit matin, d'un jour où le soleil se levait derrière la canopée. À cette heure il était rouge comme un gros ballon qui montait dans le ciel. Les yeux pouvaient encore le toucher sans se faire du mal. Il montait lentement, et lentement changeait de couleur. Et le jaune ne se regardait plus comme le rouge.

Lui, il venait de se lever, avec les manches ficelées. Depuis son retour, après quelques mois d'absence, ses comportements étaient encore plus hostiles. Mais là, à travers la baie vitrée qui donnait sur la terrasse, l'aube semblait le charmer. Il observait calmement, il s'étonnait, il souriait.

Son regard allait des nuages aux mésanges qui venaient aux mangeoires, aux fleurs qui faisaient la beauté des pots, aux buis, aux lauriers, aux hortensias.

Ses mains étaient sorties des manches; ses gestes étaient doux. D'une main il se caressait l'autre main et semblait écouter quelqu'un lui chuchoter à l'oreille de prendre l'instant, sans qu'il ne glisse entre ses doigts. Alors il le prit comme une immense paix.

À le voir, il avait tout oublié des comportements morbides.

Dans cette aube, il était quelqu'un d'autre.

POUR DU MARC DE CAFÉ

Plus tard, bien plus tard, dès potron-minet, alors que dehors tout était à frimas, il y avait un grand qui tapotait l'index de sa main droite ses incisives, lèvres ouvertes. On aurait pu dire qu'il réfléchissait, qu'il préparait un projet.

Il était debout près de l'ascenseur, certainement à attendre d'être oublié.

Le petit déjeuner se préparait dans la grande pièce, la table était mise, l'eau bouillante coulait dans le filtre à café.

Et voilà qu'il avait disparu. Le voyant de l'ascenseur clignotait ; il était déjà en bas, les portes s'ouvraient.

Son parcours était connu de tous; et comme il ne savait pas attendre, il avait filé à la cuisine principale trouver ce qu'il pouvait de reste de café, en un éclair.

Et sans que rien ne fût arrivé, évidemment, il remonta, le doigt tapotant ses incisives, comme toujours, pleines de marc de café.

Comme toujours, tous les subterfuges s'étaient mis à l'ouvrage à travers son index et ses incisives pour aller au remède suprême, et s'en délecter.

Ah! Ce grand étrange qui faisait peu cas du cognitif, était capable d'élaborer des stratagèmes, de se projeter, de se donner du sens qui pour tout autre était insensé; d'aller à contre-courant.

LE LIEN DÉTACHÉ

Et puis, quand une journée s'annonçait sous de bons auspices, quand les troubles du comportement étaient en berne, et les bruits en sourdine, l'inévitable s'imposait malgré tout.

Il était dans la discussion cet autre grand , sans dire un mot comme toujours , souriant à tout va, sans rien comprendre certainement des paroles échangées.

Il était debout et entouré d'une attention particulière, comme pour un ennemi à qui on ne ferait pas confiance.

Les idées étaient lancées, par l'un ou par l'autre, passionnées de plus en plus, et son bras fut lâché, comme une amarre qu'on décrochait.

Voilà, il était libre; un instant. Un instant de trop pour celui qui n'était plus supporté; pour celui à qui on avait laissé une place, une ouverture à une émotion trop intense, comme un foudroyant manque de lien.

Et il tomba de tout son long, sans retenue, comme un arbre. Le bruit fit mal aux oreilles quand la tête cogna le carrelage du couloir. Son nez, son menton n'avaient pas supporté la rudesse des carreaux sur le sol. Le sang avait répandu sa couleur, sans un cri, sans un gémissement, comme si l'habitude avait fait son travail. Évidemment il faudrait recoudre, encore une fois, ces coins de lui déjà si meurtris. Encore une fois il aurait été dominé par une chute qui le prenait toujours par surprise; par une prise insidieuse.

Son traitement n'avait jamais pu être de bon dosage pour ses crises épileptiques. Elles surprenaient, faisaient des éclats, ne tarissaient pas; et nécessitant une surveillance de tous les instants.

Même assis le danger guettait, à l'affût d'un oubli, d'un relâchement, d'une perte de contrôle.
Et il en était encore de la création du lien.

DANS CE QUI SE PASSAIT

Le soir était arrivé avec ses heures sombres, avec ses portes fermées, avec ses absences. Le crépuscule était déjà loin derrière l'horizon et les lampadaires traçaient le chemin qui l'avait mené en ces lieux.

Il ne dormait pas car son corps le dérangeait ; il ne pouvait le bouger comme il le souhaitait; il était de trop. Il était sanglé aux jambes, aux bras pour la nuit, comme à l'accoutumée maintenant, pour le protéger de lui-même, comme le disait l'ordonnance médicale.

Il se demandait peut-être comment se défaire de ces liens.

Il était tard et il ne dormait pas; les volets de sa chambre étaient restés ouverts. Un oubli certainement.

Sa tête était tournée vers la fenêtre ; il regardait comment les nuages éteignaient les étoiles, comment le vent traînait dans les arbres sous les cônes de lumière.

Le voilà donc défait de ses liens; il était dehors dans le parc, dans ce qui se passait.

Il était calme; sa violence se reposait et son visage soufflait. Son oreille mille fois soignée aimait écouter les branches caresser la vitre quand les courants d'air étaient plus forts.

Et là, dans un coin du ciel, un peu de jaune était venu, comme un clin d'œil de lune.

Comment pourrait-il dire demain, d'oublier de fermer les volets ?

UNE MICTION IMPORTANTE

Il n'était pas très loin, au-delà de sa fenêtre, à la lisière du bois, celui dont les doigts vibraient comme des ailes de papillon, frôlant de l'index sa narine droite au rythme d'un métronome.

Il le voyait là-bas, près du saule d'où coulaient des branches, à ne rien rater des diamants de soleil scintillant sur les rides du plan d'eau qui mouillaient les arbres.

Il était debout, se balançant d'un pied sur l'autre, comme son doigt, au rythme du métronome.

Que faisait-il ainsi tout habillé de mouvements réguliers, dans une maîtrise parfaite, aussi parfaite que celle d'hier, mais beaucoup plus rapide aujourd'hui?

Cette rapidité était croissante. Plus le temps passait, plus rapides devenaient ses mouvements.

Mais que pouvait motiver une telle activité ?

La solution fut donnée quand la couleur de son pantalon devint plus sombre, par miction.

Mais que pouvait bien motiver un tel dessein?

Plaisir, déplaisir; maîtrise, lâcher prise; contenir, peur de perdre?

Toute interprétation était valable et fausse aussi ; comme souvent.

Garder son urine le plus longtemps possible était devenu un projet quotidien, comme un projet de vie.

Lui, il le voyait là-bas entre les branches qui coulaient du saule, la tête à la même place que la veille quand la lune était venue lui faire un clin d'œil.

EN BORD DE MER

Le temps passait, et heureusement avec quelques nouveautés, quelques trouvailles; un peu saugrenues pourrait-on croire.

Un projet fut lancé; un séjour en bord de mer pour rompre avec tout ce qui était ritualisé, du matin au soir, du lundi au dimanche, dans toutes les saisons.

Et le transfert eut lieu, entraînant avec lui toutes les incertitudes.

Lui, irait-il mieux dans un autre contexte? Comment allait-il appréhender ce nouvel espace, cette grande plaine d'eau couverte de rides qui s'amusait à dévorer les falaises ? Quels seraient ses comportements ?

Il ne lui fallut pas longtemps pour s'approprier ce nouvel endroit.

Il aurait pu, tout le jour durant, rester dans le ressac et l'écume, la peau flétrie, presque mangée par le sel. Il aurait pu laisser tomber la nuit sans en être surpris.

L'eau et la nuit, comme dans un ventre.

Cette mer lui faisait du bien, mieux qu'un élixir finement dosé, mieux qu'un lacet en bas des bras, mieux que les balancements d'une automobile.

Ici, une alchimie s'était produite, dont lui seul connaissait la formule.

TROP TÔT

Mais il fallait bien revenir, aux rituels, avec l'horizon sans la mer.

C'était un horizon de grands arbres qui touchait le ciel tout éclairé de soleil. Ses rayons encore chauds inondaient la salle commune où les uns et les autres se préparaient au coucher.

Lui, il n'était pas pressé, allongé dans une flaque de lumière. Il la prenait jusqu'au fond de son être où vivait peut-être encore une flaque de sa rue; celle qui l'éclairait dans ses jeux avec ses copains avant l'arrivée du soir.

Non, il n'était pas pressé, il était trop tôt. Car il savait que dans sa chambre tout allait s'éteindre ; tout, sauf ce rai de lumière sous la porte qui jouait avec la poussière.

Il n'était pas pressé, mais autour tout s'activait; les derniers rangements, les derniers écrits, les dernières poussées sur les portes; et sa porte se ferma.

D'ailleurs, c'était l'heure habituelle, l'heure convenue, l'heure où les arbres se plaisaient encore sous le soleil.

SUR LA FOURMILIÈRE

Puis les activités reprenaient leur place, au-dedans de salles appropriées, et extra-muros aussi, planifiées ou en fonction des volontés, des oppositions.

Le groupe s'en allait pour une marche; la marche pour l'élan vital, le maintien des acquis, pour rompre l'enfermement. Tout le groupe s'en allait vers une clairière que bordait la route, à deux kilomètres du Domaine.

Dans le sac du goûter, qui serait pris sur place, et comme objectif idéal pour les récalcitrants à l'effort, il n'y avait pas de vide; les bonnes relations se construisaient aussi par le ventre.

La marche, c'était toujours cahin-caha; certains allaient vite, trop vite même, et d'autres traînaient. Donc le groupe s'étirait, se rallongeait au gré des compétences, des envies du moment.

Certains étaient déjà arrivés, et le goûter devait attendre. Elle, la plus vorace, n'attendit pas; elle s'assit dans l'herbe et quelques minutes plus tard commença ses mouvements d'impatience, plus forts que tous les jours passés. Les autres arrivaient et le goûter ne fît que des heureux, à part elle qui continua son spectacle de rameuse sans rame. Même quelques gâteaux supplémentaires n'avaient pas suffi à l'apaiser. Alors le retour fut annoncé pour éviter que se répande à d'autres son excitation. Elle se leva, et dans l'herbe écrasée un nid de fourmis s'affolait.

Évidemment, sans avoir pu l'exprimer autrement qu'en ramant sans rame, tant le mutisme était présent chez elle, elle avait été au centre du déséquilibre de la fourmilière.

EN EXIL

Fin de semaine; et comme toutes les fins de semaine des préparatifs s'organisaient .

Lui, il regardait passer les ombres des nuages qui cassaient la lumière sur le coteau, les voitures arriver et partir sous les arbres du parking, les taxis en enfilade s'occuper des rentrants, les chanceux du week-end pressés comme jamais.

Le samedi était un jour miraculeux pour les uns, une désillusion pour les autres.

Avec leur sac sur le dos, les uns filaient dans le couloir, les autres espèreraient encore, jusqu'à ce que l'enfilade des taxis se terminât après le grand portail rouillé.

Lui, il avait espéré aussi, comme cet autre qui attendait désespérément derrière la porte que quelqu'un vienne lui tendre la main.

Lui, il alternera entre son lit et la table pour les repas, et un peu sous les tilleuls à l'escarpolette .
D'ailleurs, comment aurait-il pu rentrer chez lui, ses parents refusant de le voir sanglé à toute chose.
C'était bien cela, comme d'aucuns aurait pu s'en douter, que tout irait à vau-l'eau.
Il ne rentrerait donc plus dans sa famille, car tout était devenu insoutenable. Ses parents avaient pris la décision de ne plus l'accueillir tant leurs difficultés s'étaient transformées en montagnes.
Ils avaient convenu avec l'établissement de lui rendre visite quand la culpabilité deviendrait trop grande.

DES ÂMES EN PAPIER

Oui, ils avaient décidé de ne plus l'accueillir tant leurs âmes s'étaient déchirées comme du papier. Ils ne pouvaient plus rien y écrire de vivant, de paisible. Au fil du temps ils s'étaient écartés l'un de l'autre, en dérive. Et voir leur enfant ligoté comme un forçat était un supplice.

Sa mère s'était construit une carapace pour se protéger de toutes les influences, tout en disant qu'elle n'avait plus de larmes, et qu'elle s'aidait de la vie de ses autres enfants. Elle s'était écartée de toutes les icônes, des églises, de toutes formes de croyances. Elle avait déjà perdu son paradis.

Pour son père, il fallait rompre le noeud gordien, un écheveau de mauvais sentiments, de mauvaises émotions que toutes les images de son fils pouvaient réveiller ; des images qui le rongeaient.

Son père aurait aimé se faire du mal plus qu'il ne s'en faisait, autrement, comme son fils; mais jusque là il s'en était protégé.

C'était à se demander si le désir de l'un pouvait devenir modèle pour l'autre.

UN PARASOL DE BRANCHES

Octobre était revenu, immuable dans la course des mois, dans sa vie et celle de sa famille, dans leur douleur.

Octobre de brouillard et de parapluies qui s'installait en paysages moroses.

Octobre qui fixerait à jamais une date dans une de ses nuits. Une nuit où son père s'était levé tôt; trop tôt pour aller faire quelque chose d'habituel.

Il y avait sûrement pensé parfois, préméditant chaque geste dans la profonde pénombre pour ne pas réveiller la maison.

Il avait laissé une lettre pliée et sans rature pour quelques explications; des mots tournés et retournés pour aller à l'essentiel; et à force de le faire, il s'en était fait presque une récitation.

Il s'était habillé avec des milliers de souvenirs qui le défiaient, le harcelant dans son projet.

Il laça ses chaussures de ses doigts tremblant et mit sur son dos son vieux gilet de laine pour se protéger d'octobre.

Lentement il referma la porte derrière lui; tout devait dormir. Puis il était parti de l'autre côté du quartier d'un pas à la fois rapide et contenu; tout son corps battant la chamade.

Les derniers lampadaires éclairaient son passage, les derniers avant de disparaître à jamais de la lumière.

On le retrouva où tant de fois il venait penser, dans le silence, sous le parasol de branches qui l'avait emporté.

Bien sûr, inutile de se demander ce que les mots sans rature disaient; sa culpabilité n'avait jamais trouvé d'issue.

TOUJOURS N'EST RIEN

Les jours qui suivirent s'alimentèrent du drame; dans sa ville, son quartier, sa rue; de tous les commentaires possibles, comme on pouvait s'en douter.

Le Domaine en fit tout autant, de rumeurs en vérité implacable.

Comment allait-on lui annoncer cette triste nouvelle? Avec quels mots qui feraient sens? Que son père était parti pour toujours ?

Pour lui, toujours n'existait pas, car il n'était plus dans le temps. Son père était là, tout près, dans sa chambre, dans ses yeux, dans la paume de sa main, dans sa joue meurtrie.

Il n'eut aucune réaction, ni pendant, ni au-delà des explications. Son regard continua à voyager derrière la fenêtre puisque contraint sur sa couche, à se mettre dans le vent entre les branches et les herbes, à sourire à cet oiseau venu curieusement cogner à la vitre avant de repartir dans le ciel.

ESCAPADE NOCTURNE

Les jours d'hiver étaient arrivés rapidement, avant la date prévue. Les premiers flocons étaient déjà tombés sans laisser de traces sur l'asphalte, ni ailleurs. Pourtant le froid s'installait, porté par le vent dans toutes les petites ouvertures des portes et des fenêtres.

Ici, le froid comme le chaud étaient rarement exprimés, ni dedans, ni dehors. Un tee-shirt pouvait affronter la bise, un manteau n'était pas de trop pour marcher sous la canicule. On aurait pu croire que le ressenti ne se mêlait pas au discernement.

Comme pour ce téméraire qui avait échappé à toute surveillance; un espiègle qui eut goût à l'aventure nocturne. Il s'en était allé en pyjama et chaussettes braver la bise comme un évadé. Cette nuit là, tous les moyens furent coordonnés pour le retrouver; d'abord dans l'établissement, puis au-delà, avec plus de moyens encore.

Hélicoptère au petit matin, homme-grenouilles pour les deux plans d'eau qui bordaient la forêt, battue dans les environs, furent inefficaces.

Il avait fait son chemin, traversant le village et les routes pour se retrouver dans la forêt de l'autre versant, à plusieurs kilomètres.

Il avait eu combien de peurs dans cette nuit noire, sans pouvoir se situer, sans savoir quelle serait sa chance. Et le froid l'avait certainement gagné dans tout son être.

Il fut ramené en fin de matinée par une personne du village qui passait par hasard à l'endroit de son errance. On pouvait continuer à dire que le hasard faisait bien les choses parfois.

Dès lors, une multitude de transformations furent

engagées, avec leurs sempiternels protocoles sécuritaires.Toutes les ouvertures furent sanctionnées ; hauts grillages autour du parc, grille et porte d'entrée télécommandées, codes à toutes les portes; une gageure.

Et s' il suffisait de rencontrer un autre espiègle pour trouver la faille!

LA FAILLE

Elle arriva un dimanche cette faille; un dimanche après une courte sortie.

Alors qu'une promenade se terminait et que les problèmes de comportement accaparaient l'attention, le portail du bas fut oublié; resté ouvert.

Arrivé près du groupe de vie, le nombre faisait défaut; un autre rebelle manquait au nombre. Où était-il passé ?

La recherche commença. Il fallait mettre les jambes à son cou. Et comme toujours les chemins se divisaient; à droite ou à gauche ? Les deux directions furent prises, dans le doute, dans la peur d'un dénouement probable.

Il devait courir vite celui-là, car personne n'avait pu le rattraper, ni sur le chemin du bas qui se voyait loin serpenter à travers les champs, ni sur les routes du village où le danger était permanent à chaque véhicule de passage.

Celui-là ignorait tout du danger, et de ses conséquences.

Les renseignements pris ici et là, à la croisée des gens, disaient qu'une voiture le ramenait devant l'établissement.

Heureusement que l'établissement s'était déjà fait connaître!

Le voilà donc revenu dans son groupe de vie, énergie dissipée, comme si rien ne s'était passé.

D'ailleurs, que s'était-il passé? Juste peut-être un désir d'envol, pour un autre espace, pour échapper au presque incessant contrôle.

LE POIDS DU RÉEL

L'incessant contrôle; c'était toute la difficulté pour son entourage, pour sa mère. Toujours à le surveiller, être à l'écoute de ses bruits, du moindre geste, éviter ses tempêtes.

Maintenant ses rares sorties se faisaient en fauteuil. Le rouler était plus facile que d'attendre qu'il se relève, car il avait pris pour habitude de se mettre à terre après quelques pas, de se coucher, et d'y rester quel qu'en soit le temps, quelle qu'en soit l'heure.

Le sangler à son fauteuil était devenu acceptable et la contenance des manches liées ne se pratiquait plus; elle avait fait son temps. Et puis, c'était plus facile quand sa mère venait lui rendre visite, pour aller goûter aux couleurs, aux odeurs de la campagne.

Sa mère venait le voir quand son besoin était trop fort, quand sa pensée était trop pesante. On sentait bien dans ses confidences tout le poids du réel, et une infinie solitude.

Ses autres enfants avaient quitté le pays pour construire leur avenir; pour s'éloigner de leur histoire aussi.

Elle disait qu'avant de rentrer chez elle, il n'y avait jamais de lumière, et qu'appuyer sur l'interrupteur n'amenait aucun bruit, que les siens; qu'elle aurait aimé de temps en temps se disputer avec quelqu'un, juste parce que le sucrier n'était pas à sa place.

Elle disait que ses nuits ne se passaient bien qu'au bon dosage d'un traitement qu'elle n'arrêtait pas de changer.

Elle disait que ses livres étaient définitivement fermés ; que la musique ne l'emportait plus.

Que dire encore de ce qu'elle disait, qui ne fût interprété comme tragique ?

DEVANT L'ÂTRE

Puis vint Noël; les rues pleines de lumière, de vitrines chargées, de passages incessants. Noël des préparatifs; du sapin, des cadeaux, de l'âtre qui réchauffait.

Noël pour qui ? Ses enfants n'avaient pas pu se libérer; leur destin à l'étranger les retenait.

Elle ne fit pas de sapin, et les cadeaux pour les uns et les autres furent posés dans un coin; ils attendraient plus tard.

Elle était restée là, figée devant l'âtre à observer les flammes danser, dans l'odeur de mandarine qu'elle venait d'éplucher.

Et son regard se perdait; si loin là-bas quand ses enfants étaient petits, quand Noël était vivant.

Elle était restée là, figée, et dehors régnait un silence de neige. Si lointaine, elle ne l'avait pas vu tomber, rendant la nuit moins sombre.

Elle était restée figée; d'ailleurs, pour quoi, pour qui bougerait-elle, avec son âme en morceaux.

Maintenant que les bûches faisaient tisons et que les ombres avaient quitté les murs, elle connaissait un dénouement à son histoire.

DERRIÈRE UNE GRILLE

L'année était passée comme poussière dans le temps universel; et la douceur de janvier laissait entrevoir une petite sortie pour ce jeune aux yeux globuleux, au refrain laconique de «dansons la capucine».

Il était autorisé à passer un peu de temps devant son unité de vie pour permettre un moment de quiétude aux autres jeunes de son groupe. Il adorait se poser sur la pente qui descendait vers l'église et qu'un haut portail arrêtait, en choisissant toujours le même endroit.

Il s'y asseyait en manipulant sa bassine rouge, récupérée souvenez-vous, dans la pénombre d'un sous-sol. Et curieusement, on le retrouvait à chaque fois au même endroit sans son vêtement du dessus, malgré janvier.

Il avait décidé qu'il resterait comme ça sans se soucier un seul instant des températures, du vent, d'une averse subite. Il avait décidé d'y rester jusqu'au moment où quelqu'un le rejoignit pour lui remettre son vêtement qu'il avait enfoui derrière une grille de caniveau, comme une peau qu'on rejette.

Allez savoir pourquoi !

UN DÉNOUEMENT SANS FIN

Ce jour-là des nuages tombaient en déluge. Et malgré tout, elle avait pris le risque de l'eau, des routes noyées, de l'embrun des trafics. Elle avait décidé qu'elle viendrait; sa résolution était prise.

Elle avait téléphoné au petit matin comme elle ne l'avait jamais fait; qu'elle viendrait voir son fils, qu'elle lui donnerait son repas de midi, qu'ils iraient sur le chemin d'en-bas voir les fossés gonflés en ruisseaux.

Elle arriva peu avant midi, les bras chargés de rien, visage livide. Elle paraissait si maigre sous son imperméable, décharnée comme on ne l'avait jamais vue.

Elle ne s'embarrassa pas de palabres inutiles; elle avait perdu ses habitudes.

Le repas était prêt, en cuisine centrale. Aller le chercher fut l'affaire de quelques minutes; descendre la petite pente, échanger quelques mots, remonter la petite pente.

Mais un temps suffisant, vous savez, pour retrouver une mère enlaçant son fils à l'étouffer, à lui retirer son dernier souffle, un oreiller sur sa tête.

Terrible rencontre pour celui qui ramena le repas; une rencontre qui n'eut pas le dénouement souhaité.

CONDAMNÉS À ÊTRE

Les autorités la trouvèrent prostrée dans un fauteuil, ses mains osseuses sur le visage. Ne plus rien voir; ni de ce qui venait d'arriver, ni d'avant, plus rien des défaites.

Elle ne pleurait pas, respirait à peine pour ne pas être entendue; on aurait pu croire qu'elle se voulait invisible.

Elle ne répondait pas aux questions qui lui étaient posées; comment aurait-elle pu le faire avec ce rocher dans la gorge ?

Elle venait d'être dépossédée de tout, de tout ce qu'elle avait pu construire, de tout ce qu'on avait pu construire pour elle depuis sa plus tendre enfance.

Elle était allée contre ses valeurs, contre la vie elle-même; et malgré tout, elle priait peut-être on ne sait qui dans son silence, cherchant le pardon.

Puis, elle s'était relevée, tenue par quatre bras, comme on pourrait le faire pour un malfrat, l'accompagnant dans sa démarche chancelante.

Devant l'entrée principale, entre les uns et les autres, et sans la pluie qui s'était arrêtée dans les nuages, la portière d'une voiture s'était refermée derrière elle. Et elle s'en était allée, pour la dernière fois, sans avoir pu terminer cette histoire d'un ballon sur le toit.

Lui, reprenait sa respiration entre deux cuillerées, à moitié couché sur son lit.

Les occupations reprenaient leur rythme avec tout ce que l'on pouvait imaginer de commentaires entre les personnes, les murmures dans les esprits.

Il se disait que son départ se ferait bientôt, en milieu plus adapté, plus sécurisé, où son être irait mieux.

Et les jours passèrent, avec l'hiver plus rigoureux derrière les fenêtres.

Le doyen des grands continuait ses allers et retours immuables pour interpeller les rencontres, en promenant sa brouette vide; un bonhomme de neige était là, aussi blanc qu'un ange.

Sommaire

LA RUE DES TERRES ROUGES......................11
SON UNIVERS 15
LA CHUTE..18
SURVIVRE..21
UN AUTRE AVENIR...24
LE PREMIER JOUR...26
SES AUTRES JOURS 32
UN TROP LONG DIMANCHE..........................39
QUELQUES ACHATS......................................42
RIEN QU'UNE CEINTURE...............................45
UNE DEMEURE ACCEPTABLE......................47
COMME UN VERTIGE....................................49
LE CAHIER DU RETOUR 51
L'HÉRITAGE DE L'EAU...................................53
LA MORT DANS L'ÂME 56
PAR LA FENÊTRE..59
DES JEUX ÉTRANGES 61
À LA FÊTE DE L'ÉTÉ......................................63
COMME UNE ÎLE..66

QUEL DÉFI !	68
À LA FORCE DU DÉSIR	71
IL SUFFISAIT D'UNE FOIS	74
UNE PLÉNITUDE	76
UN REBELLE	78
TERMINER SON OUVRAGE	80
UN MAL INSIDIEUX	82
LA DERNIÈRE NUIT	85
POUR UNE BASSINE ROUGE	87
GRAND-PÈRE	90
POUR UN ÉLASTIQUE	92
DE CHARYBDE EN SCYLLA	94
LA VICTOIRE DES MATINS	97
ÊTRE ATTENDU	99
DÉFIER LA RÈGLE	102
L'HERBE IDÉALE	105
AU-DELÀ DES LIMITES	107
LA LANGUEUR DU TEMPS	110
LES AUTRES	112
L'ÉCHO DU LANGAGE	114
CET AMOUREUX DE L'EAU	116

INSTANT DE PAIX	118
POUR DU MARC DE CAFÉ	120
LE LIEN DÉTACHÉ	122
DANS CE QUI SE PASSAIT	125
UNE MICTION IMPORTANTE	127
EN BORD DE MER	129
TROP TÔT	131
SUR LA FOURMILIÈRE	133
EN EXIL	135
DES ÂMES EN PAPIER	137
UN PARASOL DE BRANCHES	139
TOUJOURS N'EST RIEN	141
ESCAPADE NOCTURNE	143
LA FAILLE	146
LE POIDS DU RÉEL	148
DEVANT L'ÂTRE	151
DERRIÈRE UNE GRILLE	153
UN DÉNOUEMENT SANS FIN	155
CONDAMNÉS À ÊTRE	157